CONSTITUTION.

CONSTITUTION

DE

LA RÉPUBLIQUE

FRANÇAISE.

A PARIS,

DE L'IMPRIMERIE DE PIERRE DIDOT L'AÎNÉ,

IMPRIMEUR DU SÉNAT=CONSERVATEUR,

AU PALAIS NATIONAL DES SCIENCES ET ARTS.

AN VIII.

CONSTITUTION

DE

LA RÉPUBLIQUE

FRANÇAISE.

TITRE PREMIER.

DE L'EXERCICE DES DROITS DE CITÉ.

ARTICLE I.

La République française est une et indivisible.

Son territoire européen est distribué en départements et arrondissements communaux.

II.

Tout homme né et résidant en France, qui, âgé de vingt-un ans accomplis, s'est fait inscrire sur le registre civique de son arrondissement communal, et qui a demeuré depuis pendant un an sur le territoire de la République, est citoyen français.

III.

Un étranger devient citoyen français, lorsqu'après avoir atteint l'âge de vingt-un ans accomplis, et avoir déclaré l'intention de se fixer en France, il y a résidé pendant dix années consécutives.

IV.

La qualité de citoyen français se perd,

Par la naturalisation en pays étranger;

Par l'acceptation de fonctions ou de pensions offertes par un Gouvernement étranger;

Par l'affiliation à toute corporation étrangere qui supposeroit des distinctions de naissance;

Par la condamnation à des peines afflictives ou infamantes.

V.

L'exercice des droits de citoyen français est suspendu, par l'état de débiteur failli, ou d'héritier immédiat détenteur à titre gratuit de la succession totale ou partielle d'un failli;

Par l'état de domestique à gages, attaché au service de la personne ou du ménage;

Par l'état d'interdiction judiciaire, d'accusation ou de contumace.

VI.

Pour exercer les droits de cité dans un arrondissement communal, il faut y avoir acquis domicile par une année de résidence, et ne l'avoir pas perdu par une année d'absence.

VII.

Les citoyens de chaque arrondissement communal désignent par leurs suffrages ceux d'entre eux qu'ils croient les plus propres à gérer les affaires publiques. Il en résulte une liste de confiance, contenant un nombre de noms égal au dixième du nombre des citoyens ayant droit d'y coopérer. C'est dans cette premiere liste communale que doivent être pris les fonctionnaires publics de l'arrondissement.

VIII.

Les citoyens compris dans les listes communales d'un département désignent également

un dixieme d'entre eux. Il en résulte une seconde liste dite départementale, dans laquelle
doivent être pris les fonctionnaires publics du
département.

IX.

Les citoyens portés dans la liste départementale désignent pareillement un dixieme d'entre
eux : il en résulte une troisieme liste qui com-
prend les citoyens de ce département éligibles
aux fonctions publiques nationales.

X.

Les citoyens ayant droit de coopérer à la formation de l'une des listes mentionnées aux trois
articles précédents, sont appelés tous les trois
ans à pourvoir au remplacement des inscrits dé-
cédés, ou absents pour toute autre cause que
l'exercice d'une fonction publique.

XI.

Ils peuvent en même temps retirer de la liste
les inscrits qu'ils ne jugent pas à propos d'y
maintenir, et les remplacer par d'autres citoyens
dans lesquels ils ont une plus grande confiance.

XII.

Nul n'est retiré d'une liste que par les votes de la majorité absolue des citoyens ayant droit de coopérer à sa formation.

XIII.

On n'est point retiré d'une liste d'éligibles par cela seul qu'on n'est pas maintenu sur une autre liste d'un degré inférieur ou supérieur.

XIV.

L'inscription sur une liste d'éligibles n'est né= cessaire qu'à l'égard de celles des fonctions pu= bliques pour lesquelles cette condition est ex= pressément exigée par la Constitution ou par la loi. Les listes d'éligibles seront formées pour la premiere fois dans le cours de l'an neuf.

Les citoyens qui seront nommés pour la pre= miere formation des autorités constituées fe= ront partie nécessaire des premieres listes d'éli= gibles.

TITRE II.

DU SÉNAT-CONSERVATEUR.

XV.

Le sénat-conservateur est composé de quatre-vingts membres, inamovibles et à vie, âgés
de quarante ans au moins.

Pour la formation du sénat, il sera d'abord
nommé soixante membres : ce nombre sera porté
à soixante-deux dans le cours de l'an huit, à
soixante-quatre en l'an neuf, et s'élevera ainsi
graduellement à quatre-vingts par l'addition de
deux membres en chacune des dix premieres
années.

XVI.

La nomination à une place de sénateur se fait
par le sénat, qui choisit entre trois candidats
présentés, le premier par le corps législatif, le
second par le tribunat, et le troisieme par le premier consul.

Il ne choisit qu'entre deux candidats, si l'un d'eux est proposé par deux des trois autorités présentantes : il est tenu d'admettre celui qui seroit proposé à=la=fois par les trois autorités.

XVII.

Le premier consul sortant de place, soit par l'expiration de ses fonctions, soit par démis= sion, devient sénateur de plein droit et néces= sairement.

Les deux autres consuls, durant le mois qui suit l'expiration de leurs fonctions, peuvent pren= dre place dans le sénat, et ne sont pas obligés d'user de ce droit.

Ils ne l'ont point quand ils quittent leurs fonc= tions consulaires par démission.

XVIII.

Un sénateur est à jamais inéligible à toute autre fonction publique.

XIX.

Toutes les listes faites dans les départements .en vertu de l'article IX sont adressées au sé= nat : elles composent la liste nationale.

XX.

Il élit dans cette liste les législateurs, les tribuns, les consuls, les juges de cassation, et les commissaires à la comptabilité.

XXI.

Il maintient ou annulle tous les actes qui lui sont déférés comme inconstitutionnels par le tribunat ou par le Gouvernement : les listes d'éligibles sont comprises parmi ces actes.

XXII.

Des revenus de domaines nationaux déterminés sont affectés aux dépenses du sénat. Le traitement annuel de chacun de ses membres se prend sur ces revenus, et il est égal au vingtieme de celui du premier consul.

XXIII.

Les séances du sénat ne sont pas publiques.

XXIV.

Les Citoyens Sieyes et Roger-Ducos, consuls sortants, sont nommés membres du sénat-conservateur; ils se réuniront avec le second et le troisieme consuls nommés par la présente Consti-

tution. Ces quatre citoyens nomment la majo=
rité du sénat, qui se complete ensuite lui=même,
et procede aux élections qui lui sont confiées.

TITRE III.

DU POUVOIR LÉGISLATIF.

XXV.

Il ne sera promulgué de lois nouvelles que
lorsque le projet en aura été proposé par le Gou=
vernement, communiqué au tribunat, et décrété
par le corps législatif.

XXVI.

Les projets que le Gouvernement propose sont
rédigés en articles. En tout état de la discussion
de ces projets, le Gouvernement peut les retirer;
il peut les reproduire modifiés.

XXVII.

Le tribunat est composé de cent membres,
âgés de vingt=cinq ans au moins; ils sont re=

3

nouvelés par cinquieme tous les ans, et indéfi=
niment rééligibles tant qu'ils demeurent sur la
liste nationale.

XXVIII.

Le tribunat discute les projets de loi; il en
vote l'adoption ou le rejet.

Il envoie trois orateurs pris dans son sein,
par lesquels les motifs du vœu qu'il a exprimé
sur chacun de ces projets sont exposés et dé=
fendus devant le corps législatif.

Il défere au sénat, pour cause d'inconstitu=
tionnalité seulement, les listes d'éligibles, les
actes du corps législatif, et ceux du Gouverne=
ment.

XXIX.

Il exprime son vœu sur les lois faites et à faire,
sur les abus à corriger, sur les améliorations à
entreprendre dans toutes les parties de l'admi=
nistration publique, mais jamais sur les affaires
civiles ou criminelles portées devant les tribu=
naux.

Les vœux qu'il manifeste en vertu du présent

article n'ont aucune suite nécessaire, et n'obli=
gent aucune autorité constituée à une délibéra=
tion.

XXX.

Quand le tribunat s'ajourne, il peut nommer
une commission de dix à quinze de ses mem=
bres, chargée de le convoquer si elle le juge con=
venable.

XXXI.

Le corps législatif est composé de trois cents
membres, âgés de trente ans au moins; ils sont
renouvelés par cinquieme tous les ans.

Il doit toujours s'y trouver un citoyen au
moins de chaque département de la République.

XXXII.

Un membre sortant du corps législatif ne peut
y rentrer qu'après un an d'intervalle; mais il
peut être immédiatement élu à toute autre fonc=
tion publique, y compris celle de tribun, s'il y
est d'ailleurs éligible.

XXXIII.

La session du corps législatif commence cha=

que année le 1ᵉʳ frimaire, et ne dure que quatre
mois; il peut être extraordinairement convoqué
durant les huit autres par le Gouvernement.

XXXIV.

Le corps législatif fait la loi en statuant par
scrutin secret, et sans aucune discussion de la
part de ses membres, sur les projets de loi dé=
battus devant lui par les orateurs du tribunat et
du Gouvernement.

XXXV.

Les séances du tribunat et celles du corps lé=
gislatif sont publiques; le nombre des assistants
soit aux unes, soit aux autres, ne peut excéder
deux cents.

XXXVI.

Le traitement annuel d'un tribun est de quinze
mille francs; celui d'un législateur, de dix mille
francs.

XXXVII.

Tout décret du corps législatif, le dixieme
jour après son émission, est promulgué par le
premier consul, à moins que dans ce délai il n'y

ait eu recours au sénat pour cause d'inconstitu=
tionnalité. Ce recours n'a point lieu contre les
lois promulguées.

XXXVIII.

Le premier renouvellement du corps législatif
et du tribunat n'aura lieu que dans le cours de
l'an dix.

TITRE IV.

DU GOUVERNEMENT.

XXXIX.

Le Gouvernement est confié à trois consuls
nommés pour dix ans, et indéfiniment rééligi=
bles.

Chacun d'eux est élu individuellement avec
la qualité distincte ou de premier, ou de se=
cond, ou de troisieme consul.

La Constitution nomme *premier consul* le ci=
toyen Bonaparte, ex=consul provisoire; *second*

consul, le citoyen CAMBACÉRÈS, ex=ministre de la justice; et *troisieme consul*, le citoyen LEBRUN, ex=membre de la commission du conseil des An=ciens.

Pour cette fois, le troisieme consul n'est nom=mé que pour cinq ans.

XL.

Le premier consul a des fonctions et des at=tributions particulieres, dans lesquelles il est momentanément suppléé, quand il y a lieu, par un de ses collegues.

XLI.

Le premier consul promulgue les lois; il nom=me et révoque à volonté les membres du conseil d'état, les ministres, les ambassadeurs et autres agents extérieurs en chef, les officiers de l'armée de terre et de mer, les membres des administra=tions locales, et les commissaires du Gouverne=ment près les tribunaux. Il nomme tous les juges criminels et civils autres que les juges de paix et les juges de cassation, sans pouvoir les révoquer.

XLII.

Dans les autres actes du Gouvernement, le second et le troisieme consul ont voix consultative : ils signent le registre de ces actes pour constater leur présence; et, s'ils le veulent, ils y consignent leurs opinions; après quoi la décision du premier consul suffit.

XLIII.

Le traitement du premier consul sera de cinq cents mille francs en l'an huit. Le traitement de chacun des deux autres consuls est égal aux trois dixiemes de celui du premier.

XLIV.

Le Gouvernement propose les lois et fait les réglements nécessaires pour assurer leur exécution.

XLV.

Le Gouvernement dirige les recettes et les dépenses de l'Etat, conformément à la loi annuelle qui détermine le montant des unes et des autres; il surveille la fabrication des monnoies, dont la loi seule ordonne l'émission, fixe le titre, le poids, et le type.

XLVI.

Si le Gouvernement est informé qu'il se trame quelque conspiration contre l'Etat, il peut décerner des mandats d'amener et des mandats d'arrêt contre les personnes qui en sont présumées les auteurs ou les complices; mais si, dans un délai de dix jours après leur arrestation, elles ne sont mises en liberté ou en justice réglée, il y a, de la part du ministre signataire du mandat, crime de détention arbitraire.

XLVII.

Le Gouvernement pourvoit à la sûreté intérieure et à la défense extérieure de l'Etat; il distribue les forces de terre et de mer, et en regle la direction.

XLVIII.

La garde nationale en activité est soumise aux réglements d'administration publique : la garde nationale sédentaire n'est soumise qu'à la loi.

XLIX.

Le Gouvernement entretient des relations politiques au-dehors, conduit les négociations, fait les stipulations préliminaires, signe, fait signer, et conclut tous les traités de paix, d'alliance, de treve, de neutralité, de commerce, et autres conventions.

L.

Les déclarations de guerre et les traités de paix, d'alliance, et de commerce, sont proposés, discutés, décrétés et promulgués comme des lois.

Seulement les discussions et délibérations sur ces objets, tant dans le tribunat que dans le corps législatif, se font en comité secret quand le Gouvernement le demande.

LI.

Les articles secrets d'un traité ne peuvent être destructifs des articles patents.

LII.

Sous la direction des consuls, le conseil d'état est chargé de rédiger les projets de lois et les réglements d'administration publique, et de résoudre les difficultés qui s'élèvent en matiere administrative.

LIII.

C'est parmi les membres du conseil d'état que sont toujours pris les orateurs chargés de porter la parole au nom du Gouvernement devant le corps législatif.

Ces orateurs ne sont jamais envoyés au nom= bre de plus de trois pour la défense d'un même projet de loi.

LIV.

Les ministres procurent l'exécution des lois et des réglements d'administration publique.

LV.

Aucun acte du Gouvernement ne peut avoir d'effet s'il n'est signé par un ministre.

LVI.

L'un des ministres est spécialement chargé de l'administration du trésor public : il assure les recettes, ordonne les mouvements de fonds et les paiements autorisés par la loi. Il ne peut rien faire payer qu'en vertu, 1°. d'une loi, et jusqu'à la concurrence des fonds qu'elle a déterminés pour un genre de dépenses; 2°. d'un arrêté du Gouvernement; 3°. d'un mandat signé par un ministre.

LVII.

Les comptes détaillés de la dépense de cha=

que ministre, signés et certifiés par lui, sont
rendus publics.

LVIII.

Le Gouvernement ne peut élire ou conserver
pour conseillers d'état, pour ministres, que des
citoyens dont les noms se trouvent inscrits sur la
liste nationale.

LIX.

Les administrations locales établies soit pour
chaque arrondissement communal, soit pour des
portions plus étendues du territoire, sont subor-
données aux ministres. Nul ne peut devenir ou
rester membre de ces administrations, s'il n'est
porté ou maintenu sur l'une des listes mention=
nées aux articles VII et VIII.

TITRE V.

DES TRIBUNAUX.

LX.

Chaque arrondissement communal a un ou

plusieurs juges de paix, élus immédiatement par les citoyens pour trois années.

Leur principale fonction consiste à concilier les parties, qu'ils invitent, dans le cas de non-conciliation, à se faire juger par des arbitres.

LXI.

En matiere civile, il y a des tribunaux de premiere instance et des tribunaux d'appel. La loi détermine l'organisation des uns et des autres, leur compétence, et le territoire formant le ressort de chacun.

LXII.

En matiere de délits emportant peine afflictive ou infamante, un premier jury admet ou rejette l'accusation : si elle est admise, un second jury reconnoit le fait; et les juges, formant un tribunal criminel, appliquent la peine. Leur jugement est sans appel.

LXIII.

La fonction d'accusateur public près un tribunal criminel est remplie par le commissaire du Gouvernement.

LXIV.

Les délits qui n'emportent pas peine afflic=
tive ou infamante sont jugés par des tribunaux
de police correctionnelle, sauf l'appel aux tribu=
naux criminels.

LXV.

Il y a, pour toute la République, un tribunal
de cassation, qui prononce sur les demandes en
cassation contre les jugements en dernier ressort
rendus par les tribunaux; sur les demandes en
renvoi d'un tribunal à un autre, pour cause de
suspicion légitime ou de sûreté publique; sur les
prises à partie contre un tribunal entier.

LXVI.

Le tribunal de cassation ne connoît point du
fond des affaires; mais il casse les jugements ren=
dus sur des procédures dans lesquelles les for=
mes ont été violées, ou qui contiennent quelque
contravention expresse à la loi; et il renvoie le
fond du procès au tribunal qui doit en con=
noître.

LXVII.

Les juges composant les tribunaux de pre=

6

miere instance, et les commissaires du Gouver=
nement établis près ces tribunaux, sont pris
dans la liste communale ou dans la liste dépar=
tementale.

Les juges formant les tribunaux d'appel, et
les commissaires placés près d'eux, sont pris
dans la liste départementale.

Les juges composant le tribunal de cassation,
et les commissaires établis près ce tribunal, sont
pris dans la liste nationale.

LXVIII.

Les juges, autres que les juges de paix, con=
servent leurs fonctions toute leur vie, à moins
qu'ils ne soient condamnés pour forfaiture, ou
qu'ils ne soient pas maintenus sur les listes d'éli=
gibles.

TITRE VI.

DE LA RESPONSABILITÉ DES FONCTIONNAIRES PUBLICS.

LXIX.

Les fonctions des membres soit du sénat, soit du corps législatif, soit du tribunat, celles des consuls et des conseillers d'état, ne donnent lieu à aucune responsabilité.

LXX.

Les délits personnels emportant peine afflic= tive ou infamante, commis par un membre soit du sénat, soit du tribunat, soit du corps légis= latif, soit du conseil d'état, sont poursuivis de= vant les tribunaux ordinaires, après qu'une déli= bération du corps auquel le prévenu appartient a autorisé cette poursuite.

LXXI.

Les ministres prévenus de délits privés em=

portant peine afflictive ou infamante sont con-
sidérés comme membres du conseil d'état.

LXXII.

Les ministres sont responsables, 1°. de tout
acte de gouvernement signé par eux, et déclaré
inconstitutionnel par le sénat; 2°. de l'inexé-
cution des lois et des réglements d'administration publique; 3°. des ordres particuliers qu'ils
ont donnés, si ces ordres sont contraires à la
Constitution, aux lois, et aux réglements.

LXXIII.

Dans les cas de l'article précédent, le tribunat dénonce le ministre par un acte sur lequel le
corps législatif délibere dans les formes ordinaires, après avoir entendu ou appelé le dénoncé.
Le ministre mis en jugement par un décret du
corps législatif est jugé par une haute cour, sans
appel et sans recours en cassation.

La haute cour est composée de juges et de
jurés. Les juges sont choisis par le tribunal de
cassation, et dans son sein; les jurés sont pris
dans la liste nationale : le tout, suivant les formes que la loi détermine.

LXXIV.

Les juges civils et criminels sont, pour les dé=
lits relatifs à leurs fonctions, poursuivis devant
les tribunaux auxquels celui de cassation les ren=
voie après avoir annullé leurs actes.

LXXV.

Les agents du Gouvernement, autres que les
ministres, ne peuvent être poursuivis pour des
faits relatifs à leurs fonctions, qu'en vertu d'une
décision du conseil d'état : en ce cas, la poursuite
a lieu devant les tribunaux ordinaires.

TITRE VII.

DISPOSITIONS GÉNÉRALES.

LXXVI.

La maison de toute personne habitant le ter=
ritoire français est un asyle inviolable.

Pendant la nuit, nul n'a le droit d'y entrer
que dans le cas d'incendie, d'inondation ou de
réclamation faite de l'intérieur de la maison.

Pendant le jour on peut y entrer pour un objet spécial déterminé ou par une loi, ou par un ordre émané d'une autorité publique.

LXXVII.

Pour que l'acte qui ordonne l'arrestation d'une personne puisse être exécuté, il faut, 1°. qu'il exprime formellement le motif de l'arrestation, et la loi en exécution de laquelle elle est ordonnée; 2°. qu'il émane d'un fonctionnaire à qui la loi ait donné formellement ce pouvoir; 3°. qu'il soit notifié à la personne arrêtée, et qu'il lui en soit laissé copie.

LXXVIII.

Un gardien ou geolier ne peut recevoir ou détenir aucune personne qu'après avoir transcrit sur son registre l'acte qui ordonne l'arrestation : cet acte doit être un mandat donné dans les formes prescrites par l'article précédent, ou une ordonnance de prise de corps, ou un décret d'accusation, ou un jugement.

LXXIX.

Tout gardien ou geolier est tenu, sans qu'au-

cun ordre puisse l'en dispenser, de représenter
la personne détenue à l'officier civil ayant la po=
lice de la maison de détention, toutes les fois
qu'il en sera requis par cet officier.

LXXX.

La représentation de la personne détenue ne
pourra être refusée à ses parents et amis porteurs
de l'ordre de l'officier civil, lequel sera toujours
tenu de l'accorder, à moins que le gardien ou
geolier ne représente une ordonnance du juge
pour tenir la personne au secret.

LXXXI.

Tous ceux qui, n'ayant point reçu de la loi le
pouvoir de faire arrêter, donneront, signeront,
exécuteront l'arrestation d'une personne quel=
conque; tous ceux qui, même dans le cas de l'ar=
restation autorisée par la loi, recevront ou re=
tiendront la personne arrêtée, dans un lieu de
détention non publiquement et légalement dé=
signé comme tel, et tous les gardiens ou geoliers
qui contreviendront aux dispositions des trois
articles précédents, seront coupables du crime
de détention arbitraire.

LXXXII.

Toutes rigueurs employées dans les arresta=
tions, détentions, ou exécutions, autres que
celles autorisées par les lois, sont des crimes.

LXXXIII.

Toute personne a le droit d'adresser des péti=
tions individuelles à toute autorité constituée,
et spécialement au tribunat.

LXXXIV.

La force publique est essentiellement obéis=
sante; nul corps armé ne peut délibérer.

LXXXV.

Les délits des militaires sont soumis à des tri=
bunaux spéciaux, et à des formes particulieres
de jugement.

LXXXVI.

La nation française déclare qu'il sera accordé
des pensions à tous les militaires blessés à la dé=
fense de la patrie, ainsi qu'aux veuves et aux en=
fants des militaires morts sur le champ de ba=
taille ou des suites de leurs blessures.

LXXXVII.

Il sera décerné des récompenses nationales aux guerriers qui auront rendu des services éclatants en combattant pour la République.

LXXXVIII.

Un Institut national est chargé de recueillir les découvertes, de perfectionner les sciences et les arts.

LXXXIX.

Une commission de comptabilité nationale regle et vérifie les comptes des recettes et des dépenses de la République. Cette commission est composée de sept membres choisis par le sé= nat dans la liste nationale.

XC.

Un corps constitué ne peut prendre de déli= bération que dans une séance où les deux tiers au moins de ses membres se trouvent présents.

XCI.

Le régime des colonies françaises est déter= miné par des lois spéciales.

XCII.

Dans le cas de révolte à main armée, ou de troubles qui menacent la sûreté de l'Etat, la loi peut suspendre, dans les lieux et pour le temps qu'elle détermine, l'empire de la Constitution.

Cette suspension peut être provisoirement déclarée, dans les mêmes cas, par un arrêté du Gouvernement, le corps législatif étant en vacance, pourvu que ce corps soit convoqué au plus court terme par un article du même arrêté.

XCIII.

La nation française déclare qu'en aucun cas elle ne souffrira le retour des Français qui, ayant abandonné leur patrie depuis le 14 juillet 1789, ne sont pas compris dans les exceptions portées aux lois rendues contre les émigrés; elle interdit toute exception nouvelle sur ce point.

Les biens des émigrés sont irrévocablement acquis au profit de la République.

XCIV.

La nation française déclare qu'après une vente légalement consommée de biens natio=

naux, quelle qu'en soit l'origine, l'acquéreur lé=
gitime ne peut en être dépossédé, sauf aux tiers
réclamants à être, s'il y a lieu, indemnisés par
le trésor public.

XCV.

La présente Constitution sera offerte de suite
à l'acceptation du peuple français.

Fait à Paris, le 22 Frimaire, an 8 de la Répu=
blique française, une et indivisible.

Signé RÉGNIER, *président de la Commission du Con-
seil des Anciens;* JACQUEMINOT, *président de la Com-
mission du Conseil des Cinq-cents;* ROUSSEAU, VERNIER,
secrétaires de la Commission du Conseil des Anciens;
ALEX. VILLETARD, FRÉGEVILLE, *secrétaires de la Com-
mission du Conseil des Cinq-cents;* ROGER-DUCOS,
SIEYES, BONAPARTE, *Consuls;* P. C. LAUSSAT, FARGUES,
N. BEAUPUY, BEAUVAIS, CABANIS, PERRIN (des Vosges),
DEPÈRE, CORNET, LUDOT, GIROT-POUZOL, LEMERCIER,
CHATRY-LAFOSSE, CHOLET (de la Gironde), CAILLEMER,
BARA, CHASSIRON, GOURLAY, PERÉ (des Hautes-Py-
rénées), PORCHER, VIMAR, THIESSÉ, BÉRENGER,

CASENAVE, SEDILLEZ, THIBAULT, DAUNOU, HERWYN,
JOSEPH CORNUDET, P. A. LALOY, LENOIR-LAROCHE,
J. A. CREUZÉ-LATOUCHE, ARNOUD (de la Seine),
GOUPIL-PRÉFELN fils, MATHIEU, CHABAUD, CRETET,
BOULAY (de la Meurthe), GARAT, EMILE GAUDIN,
LEBRUN, LUCIEN BONAPARTE, DEVINCK-THIERY,
J. P. CHAZAL, M. J. CHÉNIER.

LOI

Qui regle la maniere dont la Constitution sera présentée
au peuple français.

Du 23 frimaire.

LA COMMISSION DU CONSEIL DES ANCIENS, créée
par la loi du 19 brumaire, adoptant les motifs
de la déclaration d'urgence qui précede la réso=
lution ci=après, approuve l'acte d'urgence.

Suit la teneur de la Déclaration d'urgence et de la
Résolution du 23 frimaire;

La Commission du Conseil des Cinq=cents,
créée par la loi du 19 brumaire dernier;

Délibérant sur la proposition formelle, conte=
nue dans le message des Consuls en date de ce
jour, de régler par une loi la maniere dont la
Constitution sera présentée au peuple français;

Considérant que la Constitution qui doit sub=

9

stituer à un gouvernement provisoire un ordre de
choses définitif et invariable doit être, sans délai,
présentée à l'acceptation des citoyens;

Que le mode d'acceptation le plus convena-
ble et le plus populaire est celui qui répond le
plus promptement et le plus facilement aux be-
soins et à la juste impatience de la nation,

Déclare qu'il y a urgence.

La Commission, après avoir déclaré l'urgence,
prend la résolution suivante:

Article I.

Il sera ouvert, dans chaque commune, des registres d'acceptation et de non-acceptation; les
citoyens sont appelés à y consigner ou y faire consigner leur vote sur la Constitution.

II.

Les registres seront ouverts au secrétariat de
toutes les administrations, aux greffes de tous
les tribunaux, entre les mains des agents communaux, des juges de paix, et des notaires : les
citoyens ont droit de choisir à leur gré entre ces
divers dépôts.

III.

Le délai pour voter, dans chaque départe=
ment, est de quinze jours, à dater de celui où la
Constitution est parvenue à l'administration cen=
trale : il est de trois jours pour chaque com=
mune, à dater de celui où l'acte constitutionnel
est arrivé au chef=lieu du canton.

IV.

Les Consuls de la République sont chargés
de régulariser et d'activer la formation, l'ouver=
ture, la tenue, la clôture et l'envoi des registres.

V.

Les Consuls sont pareillement chargés d'en
proclamer le résultat.

VI.

La présente résolution sera imprimée.

Signé JACQUEMINOT, *président;* ALEX. VILLETARD,
FRÉGEVILLE, *secrétaires.*

Après une seconde lecture, la Commission du
Conseil des Anciens APPROUVE la résolution ci=

dessus. Le 23 frimaire, an VIII de la République française.

Signé Régnier, *président;* Rousseau, Caillemer, *secrétaires.*

Les Consuls de la République ordonnent que la loi ci-dessus sera publiée, exécutée, et qu'elle sera munie du sceau de la République. Fait au palais national des Consuls de la République, le 23 frimaire, an VIII de la République.

Signé Roger-Ducos, Bonaparte, Sieyes. Pour copie conforme : *le secrétaire général*, signé Hugues B. Maret. Et *scellé du sceau de la République.*

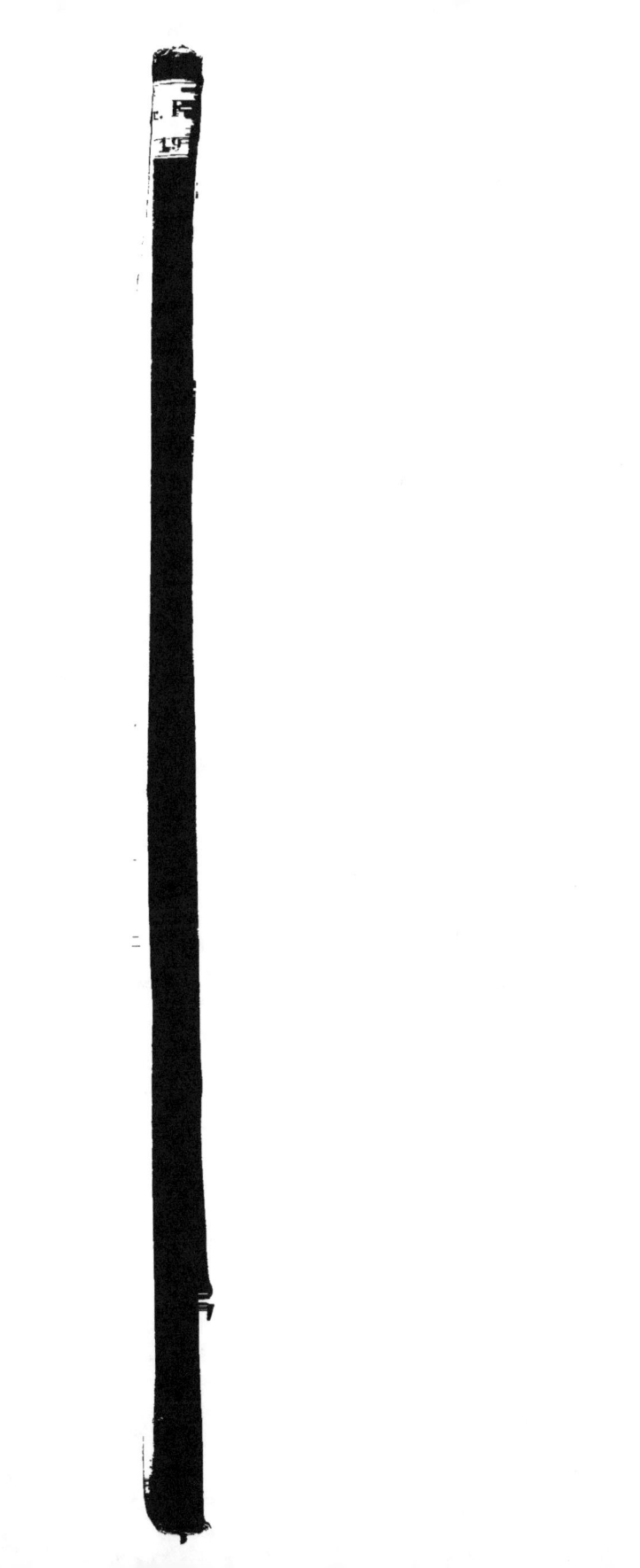

www.ingramcontent.com/pod-product-compliance
Lightning Source LLC
Chambersburg PA
CBHW061709180626
46818CB00003B/1329